François Coppée

Fais ce que doit

Épisode dramatique en un acte, en vers

Antigonos

François Coppée

Fais ce que doit

Épisode dramatique en un acte, en vers

Réimpression inchangée de l'édition originale de 1871.

1ère édition 2024 | ISBN: 978-3-38813-061-3

Antigonos Verlag est une marque de Outlook Verlagsgesellschaft mbH.

Verlag (Éditeur): Outlook Verlag GmbH, Zeilweg 44, 60439 Frankfurt, Deutschland, info@outlook-verlag.de
Vertretungsberechtigt (Représentant autorisé): E. Roepke, Zeilweg 44, 60439 Frankfurt, Deutschland
Druck (Imprimerie): Libri Plureos GmbH, Friedensallee 273, 22763 Hamburg, Deutschland

FAIS CE QUE DOIS

ÉPISODE DRAMATIQUE

EN UN ACTE, EN VERS

Représenté pour la première fois sur le théâtre de l'Odéon
le 21 octobre 1871.

FRANÇOIS COPPÉE

FAIS CE QUE DOIS

ÉPISODE DRAMATIQUE

PARIS

ALPHONSE LEMERRE, ÉDITEUR

47, PASSAGE CHOISEUL, 47

1871

A BEAUVALLET,

Comme un témoignage du profond chagrin que m'a causé le douloureux accident qui a empêché le grand tragédien de créer le rôle de Daniel, et

A LOUIS DUMAINE,

Son élève, qui, en disant ces quelques vers, a fait planer sur les spectateürs l'âme même de la Patrie ;

A tous deux, admiration et reconnaissance,

FRANÇOIS COPPÉE.

22 octobre 1871.

PERSONNAGES

DANIEL, maître d'école.   *M. Dumaine.*

MARTHE, veuve d'un officier.   *Mlle Sarah Bernhardt.*

HENRI, son jeune fils.   *Mlle Janne Bernhardt.*

Dans un port de mer en 1871.

.

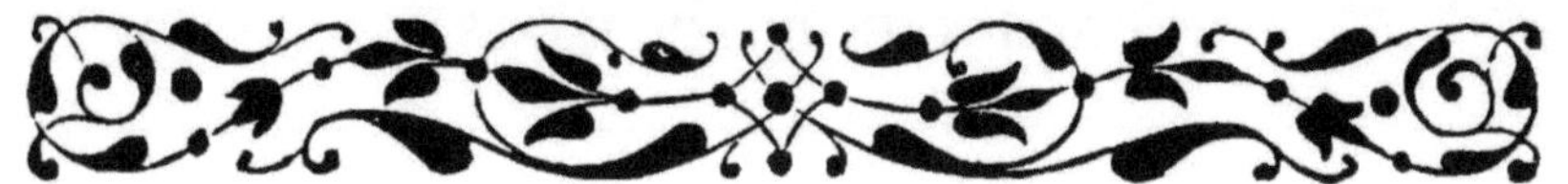

FAIS CE QUE DOIS

La terrasse d'un hôtel meublé, dans un port. Au fond, par une galerie à jour, on aperçoit des mâts de navire et l'horizon de la mer. — Au lever du rideau, Marthe, en grand deuil, est assise. Son fils Henri, garçon de quatorze ans environ, en deuil aussi, se tient debout auprès d'elle.

SCÈNE PREMIÈRE.

MARTHE, HENRI.

HENRI.

Ainsi nous émigrons.

MARTHE.

Oui, nous quittons la France.

HENRI.

Voyager, quel bonheur !

MARTHE.

C'est assez de souffrance.
Ces quelques mois me font plus vieille de dix ans
Nous avons des moyens de vivre suffisants,
Et nous nous embarquons, ce soir, pour l'Amérique.
Non, je ne forme pas un espoir chimérique
En croyant que là-bas tu feras ton chemin.
Mais ici, j'ai vraiment trop peur du lendemain
Nous partons.

HENRI.

Tu seras heureuse ?

MARTHE.

Je l'espère.

L'enfant s'éloigne et va regarder l'Océan ; elle le suit des yeux.

Cette guerre maudite ! elle m'a pris ton père,
Et je ne connais pas l'endroit de son tombeau

Et toi, mon bien-aimé, toi, si pur et si beau,

On te réserverait la même destinée.

— O France que j'aimais, patrie où je suis née,

Dont le langage est doux à mes lèvres toujours,

Car enfin c'est celui de mes jeunes amours

Et celui dans lequel ce fils m'a dit : Ma mère,

Hélas! je devais donc t'accuser d'être amère,

Trouver ton ciel funeste et ton air étouffant.

Mais tu m'as faite veuve, et je n'ai qu'un enfant.

HENRI.

Comme c'est beau, la mer! et comme un long voyage,

Ce doit être amusant. Mais vois donc ce nuage

De fumée et ce grand vaisseau.

MARTHE.

                              C'est un steamer

Qui revient de là-bas.

HENRI.

              Comme c'est beau, la mer!

Tantôt, maman, j'ai vu notre trois-mâts qu'on charge.

Un matelot disait : Le vent souffle du large.

Cela faisait flotter, ainsi que des rubans,

Les joyeux pavillons pavoisant les haubans.

Un mulâtre, tout noir sous la blancheur du linge,

Passait; un petit mousse, agile comme un singe,

Descendait d'une vergue, et, tout le long des quais,

Au milieu des ballots, des fruits, des perroquets,

De l'odeur du goudron et du frisson des voiles,

Enchanté, je lisais, peints en noir sur des toiles,

Ces noms clairs et légers comme des cris d'oiseau :

Le Brésil, la Plata, Lima, Valparaiso.

Oh! partir sur la mer! — Et puis j'ai du courage.

J'ai réfléchi. Tant pis si nous faisons naufrage.

Comment ! J'aimerais mieux que la mer écumât,

Car je te sauverais sur un débris de mât.

Je sais mon Robinson par cœur. Que tu le veuilles

Ou non, je te ferais une maison de feuilles,

Sur une plage d'or, devant les flots nombreux,

Et là nous resterions tout seuls et très-heureux,

Bien plus, chère maman, qu'ici nous ne le sommes;

Car ne te vois-je pas triste parmi les hommes?

MARTHE.

Enfant!

A part.

Comme à cet âge on sait vite oublier!

Haut.

Allons! va voir un peu jusqu'à notre voilier;
Je crains que l'on n'ait pas inscrit notre passage.

HENRI.

J'y cours.

MARTHE.

Embrasse-moi, mon mignon, et sois sage.

Henri l'embrasse et sort.

SCÈNE II.

MARTHE.

Non, si je n'étais pas heureuse dans l'exil,
Du moins ce pauvre cher petit le sera-t-il.

La patrie, après tout, un préjugé vulgaire,

Qui me prendrait cet ange à la prochaine guerre

Et qui le jetterait en pâture au canon.

Et cependant, ô France ! il prononçait ton nom,

Ce héros que j'aimais, tombé dans la mêlée.

— Mon Dieu, s'il pouvait voir que je m'en suis allée

Du village de France où nous fûmes heureux,

Et qu'en deuil, à travers le monde aventureux,

J'emmène son enfant pour tenter la fortune;

Si tout sanglant... Ce songe horrible m'importune.

Mais je suis mère, et j'ai bien fait comme je fis.

Je n'ai d'autre devoir que de sauver mon fils.

Mon âme interrogée a confiance en elle;

Elle doit écouter sa crainte maternelle.

Tout autre sentiment dans mon cœur est tari.

Daniel paraît au fond.

Ah ! Daniel, le vieil ami de mon mari.

SCÈNE III.

MARTHE, DANIEL.

DANIEL

Vous partez?

MARTHE.

Ce soir même.

DANIEL.

Et l'enfant?

MARTHE.

M'accompagne.

DANIEL.

Ecoutez. Dans la pauvre école de campagne
Où j'apprends l'alphabet aux petits paysans,

Je n'ai là que des cœurs bons et peu médisants ;
Mais lorsqu'ils ont appris que, pour un long voyage,
Avec leur jeune ami vous quittiez le village,
Que, devant l'avenir sombre et plein de danger,
Leur petit compagnon fuyait à l'étranger,
O Marthe, ils ont trouvé le mot qui déconcerte
Et, comme d'un soldat, ils ont dit : Il déserte.

MARTHE.

Mon ami...

DANIEL.

Votre fils, c'est vrai, n'est qu'un enfant,
Vous disposez de lui ; mais l'honneur vous défend
De l'entraîner si loin, avant qu'il y consente.
Avez-vous éclairé sa jeune âme innocente ?
De vous, pauvre affolée, a-t-il bien pu savoir
Ce qu'est une patrie et quel est son devoir ?
Connaît-il cette guerre infâme et notre haine ?
Sait-il qu'on nous a pris l'Alsace et la Lorraine,
Que Metz et que Strasbourg ont dû courber leurs fronts
Sous le joug allemand, et que nous en souffrons

Comme un soldat, pendant sa vieillesse attristée,
Souffre encor dans sa jambe autrefois amputée ?
Sait-il que dans nos mains on a brisé le fer
Et sait-il que son père est mort à Frœschwiller ?

MARTHE.

Oui, mais il sait encore et surtout que je l'aime,
Qu'il est toute ma vie et mon espoir suprême,
Et, s'il fallait le perdre enfin, que j'en mourrais.

DANIEL.

Marthe !

MARTHE.

Rappelez-vous le soir où je pleurais,
Près de vous, au début de l'affreuse campagne,
Lorsque cet officier, captif en Allemagne,
M'envoya cette croix d'honneur de mon mari
Et ces mots par lesquels je sais qu'il a péri.
Rappelez-vous. C'était une nuit de septembre.
M'agenouillant alors du côté de la chambre

Où se trouvait le lit de mon fils endormi,

Ardemment j'ai prié devant vous, mon ami,

Disant : — Conservez-le, Seigneur plein d'indulgence,

Pour mon amour.

DANIEL.

Et j'ai songé : Pour la vengeance.
O Marthe, au nom du sang, au nom des pleurs versés...

MARTHE.

Non. La France m'a pris mon époux ; c'est assez.

DANIEL.

Vous ne pouvez partir.

MARTHE.

Dès ce soir, je l'emmène.

DANIEL.

Lâcheté !

MARTHE.

Je n'ai pas l'âme d'une Romaine.

DANIEL.

Mais vous regretterez demain ce moment-ci.

MARTHE.

Je suis mère.

DANIEL.

La France est une mère aussi.

MARTHE.

Une mère qui veut qu'on s'égorge pour elle.

DANIEL.

Nous lui devons nos bras pour venger sa querelle.

MARTHE.

Et vous vous déchirez entre vous aujourd'hui

DANIEL.

Oh ! Marthe ! votre époux vous entend !

MARTHE.

Oui, c'est lui
Dont la voix dit : — Va-t'en ! tout bas à mon oreille

DANIEL.

Vous blasphémez !

SCÈNE IV.

MARTHE, DANIEL, HENRI.

HENRI.

Maman, le navire appareille,
Et ses voiles déjà palpitent dans le ciel.

Partons vite, partons !... Ah ! monsieur Daniel.

DANIEL.

Henri...

MARTHE.

N'écoute pas cet homme, il va te dire,
Enfant, qu'il ne faut pas monter sur ce navire.
Il va t'épouvanter du voyage lointain,
Des dangers inconnus et du but incertain.
Puis il prononcera bien haut le nom de France;
Il voudra te donner sa menteuse espérance.
Il prédira des temps meilleurs, des jours plus beaux,
Un souffle glorieux passant dans les drapeaux
Et les joyeux soldats, marchant à la frontière.
N'écoute pas cet homme, enfant ! ta vie entière,
Il la sacrifierait à son rêve trompeur.
Il fera résonner les grands mots qui font peur,
Évoquant le passé sombre et les morts eux-mêmes !
— Enfant, n'écoute pas cet homme, si tu m'aimes.

DANIEL.

Marthe, vous vous trompez, et je ne doute pas
Du calme et vrai bonheur qui vous attend là-bas.
Vous me connaissez trop pour croire que je mente.
Partez. Le ciel est pur et la mer est clémente.
Vous avez le bon vent et le flot régulier.
Partez. Le nouveau Monde, au sol hospitalier,
Où vous irez, conduits par la brise docile,
Vous garde ses déserts immenses pour asile,
Qui, dans la solitude, au soleil assoupis,
N'attendent qu'un colon pour se charger d'épis,
Et ses plaines sans fin et jamais parcourues
Où l'on trouve de l'or au sillon des charrues.
C'est là qu'est le bonheur. Aussi, je vous le dis,
Partez. Vous trouverez là-bas un paradis.
—Pour un homme pratique, et qui compte, et qui s'aime,
La patrie est le champ qu'on laboure et qu'on sème,
Et c'est un sentiment très-stupide et très-vieux
De s'attacher au sol où dorment les aïeux.
Et puis, que quittez-vous ? Une France frappée,
Qui saigne en s'appuyant sur un tronçon d'épée.

Fuyez. Vous resteriez ici dans un enfer.

Avec une profonde tristesse.

Nous sommes arrivés à notre âge de fer,

Et ce pays descend une fatale pente.

Espérer qu'il s'arrête un jour et se repente,

Nourrir cette sublime et folle illusion

Qu'il redevienne encor la grande nation,

Qu'il se relève enfin, je ne l'ose plus guère.

Hélas ! ce que j'ai vu dans la dernière guerre

M'a souvent fait penser que j'avais trop vécu,

Et, dussé-je irriter ta rage de vaincu,

Peuple qui dans l'orgueil et le mal persévères,

Tes fils sauront de moi les vérités sévères.

Oui, lorsque dans l'école ils viendront se ranger

Et sur nos grands malheurs d'hier m'interroger,

Il faudra que leur maître accablé leur raconte

Qu'il a pleuré du sang et sué de la honte.

Il faudra qu'il distingue, en sa ferme équité,

De ce qui fut fatal, ce qui fut mérité ;

Qu'il leur dise quel vent d'incroyable folie

Souffla pendant six mois sur la France envahie ;

Ces chefs et ces soldats se jetant sans raison

Le mot de lâcheté, le mot de trahison ;

Les factieux, malgré le danger de la ville,

Réservant leurs fusils pour la guerre civile,

Les aboiements des clubs, les efforts des partis

Par le malheur public à peine ralentis,

La foule se grisant de journaux et d'affiches,

La chasse aux croix d'honneur, des gens devenus riches

En volant sur le pain et l'habit du soldat ;

Et, dernier déshonneur et suprême attentat !

A l'heure de profond désespoir et de larmes

Où Paris épuisé dut déposer les armes,

A l'heure où, sous ses murs, ceux qui l'avaient vaincu,

Tristes que le géant eût encor survécu,

N'osaient trop s'approcher et se disaient : Il bouge ;

L'émeute parricide et folle, au drapeau rouge,

L'émeute des instincts, sans patrie et sans Dieu,

Ensanglantant la ville et la livrant au feu,

Devant les joyeux toasts portés à nos ruines

Par cent mille Allemands debout sur les collines !

HENRI.

O maître, finissez. Vous me faites rougir.

DANIEL.

Non, enfant, il est temps encor de réagir.

Parfois la guérison est prompte après la crise.

Oui, je veux appliquer le fer qui cautérise,

Sur le mauvais orgueil dans ces jeunes esprits.

Mais lorsque je verrai qu'ils m'ont enfin compris

Et qu'ils courbent le front sous ma sombre parole,

Alors je leur tiendrai le discours qui console.

— Je leur dirai qu'il fut encore des héros

Chez nos pauvres soldats arrachés aux hameaux,

Lorsque nous inonda cette effroyable armée;

Comme on a bien souffert dans la ville affamée

Où pas un ne parlait de se rendre, pas un,

Et comme on a bien su mourir à Châteaudun!

Je leur dirai comment, dans Paris qu'on assiége

Et dans les camps lointains dispersés sur la neige,

On lutta de son mieux et l'on fit son devoir;

Comment ceux-ci voyant toujours l'horizon noir,

Ceux-là croyant toujours, ô France! à ton étoile,

Mangèrent le pain dur, dormirent sous la toile

Et tombèrent, vaincus, mais frappés par devant;

Je leur raconterai ces histoires, enfant;

Je les enivrerai de haine et de souffrance,

Et je préparerai des vengeurs à la France.

HENRI.

Des vengeurs!

MARTHE.

Daniel, Daniel, songez-y.

Vous le savez, je n'ai que ce pauvre enfant-ci.

Vous savez quelle fut la mort affreuse et lente

De son père, couché sur la paille sanglante,

Au milieu des hourrahs vainqueurs des ennemis.

Vous même convenez que le doute est permis,

Que cette nation est peut-être perdue.

Daniel, répondez. Faut-il qu'on me le tue

Pour un dernier effort inutile, pour rien?

Oh! je n'ai plus d'espoir!

DANIEL.

Marthe, écoutez-moi bien.

Je suis simple d'esprit et n'ai rien d'un prophète,

Et pourtant, malgré tout, malgré notre défaite,

Je crois que nous pouvons encore être sauvés.

MARTHE.

Mais un enfant ?...

DANIEL.

                    Enfants, c'est vous qui le pouvez.

Car pour notre revanche, hélas, trop peu certaine,

Nous n'osons entrevoir qu'une date lointaine.

L'œuvre doit être longue et patiente ; et nous,

Nous qui vous aurons fait monter sur nos genoux

Afin de vous parler plus près des représailles,

Lorsque vous partirez, enfants, pour les batailles,

Nos cheveux déjà gris seront tout à fait blancs,

Et nous vous bénirons avec des bras tremblants.

MARTHE.

Vous doutez cependant de ce pays frivole ?

DANIEL.

Nous le transformerons, nous, les maîtres d'école.
Donnez vos fils ; ils sont ardents et belliqueux.
Donnez. Nous sauverons la patrie avec eux.
— Si nous le voulons bien....

MARTHE.

     La revanche ! Chimère !
Vain rêve, œuvre impossible !

HENRI.

     Écoutons-le, ma mère.

DANIEL.

Oui, si ce peuple veut et si tout son passé
De folie et d'erreur est un jour effacé,
Si de son ignorance enfin il se délivre,
S'il apprend à choisir la parole et le livre,
S'il cherche le progrès logique et régulier,

S'il se plie à la loi, s'il sait répudier

La révolution dont le monde s'effraie

Et, prenant le chemin de la liberté vraie,

Qui n'est que le respect de soi-même et d'autrui,

S'il répare et maudit ses fautes d'aujourd'hui,

Il reprendra sa place à la tête du monde.

Certe, avant de fonder la paix bonne et féconde,

Il lui faudra combattre encore, il lui faudra

Une guerre où l'Europe entière tremblera.

Car il n'est pas de joug qu'enfin on ne secoue,

Il ne peut pas garder ce soufflet sur la joue.

Mais pour cette œuvre sainte il n'a qu'un seul moyen,

C'est de faire un soldat de chaque citoyen,

De la patrie entière une famille armée

Et du seul sentiment du devoir enflammée,

Où le riche bourgeois coudoiera l'artisan,

Où le noble sera l'égal du paysan.

Car dans le régiment la nation se mêle ;

On partage la tente, on mange à la gamelle,

On se voit, on se parle et l'on devient amis.

Et quand tous ces soldats, à de vrais chefs soumis,

S'estimant et montrant, dans le même service,

Un même dévouement, un même sacrifice,

Contents du travail fait et du fusil porté,

Unis par les liens de la fraternité,

Marcheront dans le rang, calmes, forts, sans murmure,

O mon pays en deuil, la chose sera mûre,

Et, poussant vers le ciel ton cri de conquérant,

Tu pourras les répandre alors comme un torrent,

Et planter, glorieux, les trois couleurs altières

De notre vieux drapeau sur nos vieilles frontières !

MARTHE.

Et si nous succombons encore? Si, vainqueur,

Le fer de l'Allemand nous entre jusqu'au cœur?

Si Paris voit encore autour de ses murailles?...

DANIEL.

Femme, nul ne connaît le destin des batailles,

Mais s'il doit les revoir couvrir son horizon,

Que Paris cette fois songe à son vieux blason.

Avec enthousiasme.

O navire! voilà bien longtemps que la houle

Sur le morne Océan te harcèle et te roule,

Et que le rude assaut des lames et des vents

Fait craquer ta carène et grincer tes haubans.

Nous t'avons vu souvent, sous l'effort de l'orage,

Courir vers les écueils et voler au naufrage,

O vaisseau qui du grand Paris portes le nom !

Dans l'ouragan hurlant plus haut que le canon

Nous t'avons vu souvent t'abîmer sous la brume ;

Mais tu te relevais toujours, couvert d'écume,

Superbe et vomissant l'eau par les écubiers.

Donc, s'il faut qu'à la fin, Français, vous succombiez,

Dans un combat suprême, écrasés par le nombre,

Si Paris doit périr, si c'est bien l'heure sombre

D'amener pavillon ou de couler à pic,

Souviens-toi de Jean-Bart et de Du Couëdic,

Navire, souviens-toi de Villaret-Joyeuse !

Lorsqu'après la bataille atroce et furieuse,

Rouge de sang, n'ayant plus de mâts, plus d'agrès,

Tu verras ces maudits face à face, tout près,

Et te jetant déjà les chaînes de l'esclave,

Meurs en volcan pour les engloutir sous ta lave,

Et que le monde entier convienne avec effroi,

Que le sort du *Vengeur* est seul digne de toi !

HENRI.

O mère, il a raison. C'est un conseil funeste
Que te donnait tout bas ton désespoir.

A Daniel.

Je reste.

MARTHE à Daniel.

Hélas ! qu'avez-vous fait ?

DANIEL.

Le devoir est ici.

MARTHE à Henri.

Tu l'exiges de moi, cruel enfant ?

HENRI se jetant à son cou.

Merci !

MARTHE.

Soit, je cède, et je mets au ciel mon espérance.
Dieu, protége mon fils!

DANIEL.

Dieu, protége la France!

IMPRIMÉ PAR J. CLAYE

POUR

ALPHONSE LEMERRE

A PARIS